AF357434

28 janvier 1881

VENTE PAR SUITE DU DÉCÈS DE
ÉMILE DURANTY

Homme de lettres

TABLEAUX MODERNES

ESQUISSES, AQUARELLES, PASTELS

DESSINS EAUX-FORTES

LIVRES

HOTEL DROUOT — SALLE N° 4

Les Vendredi 28 et Samedi 29 janvier

A DEUX HEURES DE L'APRÈS-MIDI

Par le ministère de M° Maurice DELESTRE, commissaire-priseur

27, rue Drouot, 27.

ASSISTÉ DE

DURAND-RUEL,	CHAMPION,
EXPERT	LIBRAIRE
1, rue de la Paix	15, quai Malaquais, 15

CHEZ LESQUELS ON TROUVE LE CATALOGUE

PARIS 1881

ORDRE DES VACATIONS

Le vendredi **28** *janvier*. — LES LIVRES.
Le samedi **29** *janvier*. — LES EAUX-FORTES, DESSINS, PASTELS, AQUARELLES ET TABLEAUX.

Les Tableaux seront exposés le vendredi 28, pendant la vente des Livres.

MM. DURAND-RUEL et CHAMPION, experts, chargés de la vente, rempliront les commissions des personnes qui ne pourraient y assister.

CONDITIONS DE LA VENTE :

Elle sera faite au comptant. Les acquéreurs payeront cinq centimes par franc en sus du prix d'adjudication, applicables aux frais de vente.

INTRODUCTION

Émile Duranty est mort le 9 avril 1880. Ce
fut, pour ses amis, un coup d'autant plus doulou-
reux qu'il était imprévu. Il cachait ses souffrances,
avec une sorte de pudeur qu'il mettait dans toute
sa vie. Nous l'avons bien connu, luttant avec un
grand courage contre une des misères littéraires
les plus injustes et les plus implacables que j'aie
rencontrées ; mais il n'est personne de nous dont il
ait fait un confident et qui puisse écrire un jour une
biographie complète. Tout son passé, toute sa jeunesse est comme un livre fermé à jamais.

D'ailleurs, je veux simplement dire ici, en quelques mots, quel esprit rare et supérieur il a été.
Son peu de succès venait précisément de la distinc-
tion et de l'originalité de son intelligence. Réaliste
égaré dans le triomphe bruyant des romantiques,
tenant pour la vieille France, pour l'esprit si fin et
si pénétrant du xviiiᵉ siècle, contre l'abus de l'image
et le fatras descriptif du nôtre, il est resté incom-
pris et dédaigné, il n'a pu monter à la haute place
de romancier qu'il méritait. Vers la fin, lui-même

s'était découragé, las d'avoir perdu son existence en efforts inutiles. Rien ne lui réussissait; le silence se faisait sur ses ouvrage, les plus travaillés.

Je crois que nos petits fils seront plus justes et qu'on reviendra à Duranty comme on est revenu à Standhal, dont il est un des continuateurs directs. Pour le moment, confiants dans cette réparation suprême que lui doit l'avenir, nous voulons faire seulement un appel à tous ses amis, aux amis connus et aux amis inconnus; car il nous a légué, dans son testament, une œuvre dernière à accomplir.

Duranty laisse une veuve sans fortune, seule désormais au milieu des difficultés de la vie. C'est au profit de cette veuve que les exécuteurs testamentaires ont décidé de faire vendre la bibliothèque du pauvre mort. Hélas! cette bibliothèque n'était pas bien vaste, et l'on n'y trouvera aucun de ces ouvrages rares qui ameutent les bibliophiles. Aussi notre appel ne s'adresse-t-il pas aux indifférents; nous le faisons à tous ceux qui, de près ou de loin, ont aimé Duranty et ses livres; que tous ceux qui ont la passion de la littérature, que tous ceux qui croient à l'aristocratie de l'esprit, que tous ceux qui tiennent une plume, et qui la tiennent pour le bon combat de la vérité dans les lettres, viennent et achètent quelques-uns de ses volumes, comme un souvenir d'un des romanciers les plus originaux de l'époque.

Ils nous auront aidés à faire une bonne œuvre.

ÉMILE ZOLA.

CATALOGUE

DES

LIVRES, GRAVURES

ET TABLEAUX

PROVENANT

DE FEU M. ÉMILE DURANTY

PREMIÈRE PARTIE

—

BEAUX-ARTS

1. **Atelier de Fortuny**. Œuvre posthume; objets d'art et de curiosité. Notices par Ed. Beaumont, Davillier et Dupont-Auberville. *Paris*, 1875. In-8, br.

2. **Amaury-Duval**. L'atelier d'Ingres. Souvenirs. *Paris*, 1878. In-12, br.

3. **Bachelet et Dezobry**. Dictionnaire général des lettres, des beaux-arts et des sciences morales et politiques. *Paris*, 1862. Gr. in-8, dem.-rel. bas.

4. **Les Beaux-Arts illustrés**. Journal hebdomadaire de l'art et de la curiosité. Publié sous la direction de M. R. de Lostalot. Année 1879. *Paris*, in-fol. br. Planches.

5. Becq de Fouquières fils. Sa vie et ses œuvres. *Paris*, 1876. Gr. in-8, br.

6. Berger. L'école française de peinture depuis ses origines jusqu'à la fin du règne de Louis XIV. *Paris*, 1879. In-12, br.

7. Beulé. L'école de Rome. Discours prononcé à l'Assemblée nationale à propos de la loi du recrutement. *Paris*, 1872. In-8, br.

8. Bilderbogen Kunsthistorische. Für den Gebrauch bei academischen und offentlichen Vorlesungen. 2 Hälften. *Leipzig*, 1878-78. 2 vol. in-4, en enveloppe.

Feuilles d'images pour servir à l'enseignement académique et publique de l'histoire d'art.

9. Bitard. Histoire et description illustrée de l'exposition de Paris 1878. *Paris*, 1878. In-fol. br.

10. Blanc. Grammaire des arts du dessin, architecture, sculpture, peinture. 2e édition *Paris*, In-4, 1870. dem. -rel. mar.

11. Blanc. Histoire des peintres de toutes les écoles depuis la Renaissance jusqu'à nos jours. 25 livraisons diverses. *Paris*, in-fol.

12. Bougot. Essai sur la critique d'art. Ses principes, sa méthode, son histoire en France. *Paris*, s. d. In-8, br.

13. Boussu. L'administration des Beaux-Arts. Etudes administratives. *Paris*, s. d. In-8, br.

14. Brücke. et Helmholtz. Principes scientifiques des beaux-arts. Essais et fragments de théorie, suivis de l'optique et la peinture. *Paris*, 1878. In-8, rel. toile.

15. Bürger (W.). Salons de 1861 à 1868. Avec une préface par Thoré. *Paris*, 1870. 2 vol. in-8, br.

16. Bürger. Trésors d'art en Angleterre. 3ᵉ édition *Paris*, 1865. in-12, br.

17. Burty. Lettres de Eugène Delacroix, 1815 à 1863. *Paris*, 1878. In-8, br.

18. Cabet. Dictionnaire des artistes de l'école française. *Paris*, 1831. In-8, br.

19. Champfleury. Histoire de l'Imagerie populaire. *Paris*, 1869. In-12, br.

20. Champfleury. Histoire de la caricature au moyen âge. *Paris*, 1872. — Histoire de la cariture sous la république, l'empire et la restauration. *Paris*, 1874. — Ens. 2 vol. in-12, br.

21. Champfleury. Exposition des peintures et dessins de H. Daumier. Notice biographique. *Paris*, 1878. In-8, br.

22. Catalogue de tableaux modernes et anciens composant la collection Laurent-Richard. *Paris*, 1878. in-8, br.

23. Catalogue de tableaux de premier ordre formant la collection de M. Reiset. *Paris*, 1879. In-4, br.

24. Cavé. Le dessin sans maître. Méthode pour apprendre à dessiner de mémoire. 3ᵉ édition. *Paris*, 1852. In-8, br.

25. De Chennevières. Les dessins de maîtres anciens exposés à l'école des Beaux-Arts en 1879. *Paris,* 1880. Gr. in-8, br.

26. Chesneau. Le statuaire J.-B. Carpeaux, sa vie et son œuvre. *Paris*, 1880. In-8, br. Planches.

27. Chintreuil. La vie et l'œuvre de Chintreuil, par de la Fizelière, Champfleury, Henriet. *Avec 40 eaux-fortes. Paris*, 1874. In-4, br.

28. Chipiez. Histoire critique des origines et de la

formation des ordres grecs. *Paris*. 1876. In-8, br.

29. Claudet Perraud, statuaire et son œuvre. Souvenirs intimes. *Paris*, 1877. In-8, br.

3o. Clément. Histoire abrégée des beaux-arts chez tous les peuples et à toutes les époques. *Paris*, 1879. Gr. in-8, br.

31. Clément. Géricault. Etude biographique et critique avec le catalogue raisonné de l'œuvre du maître. *Paris*, 1868. In-8, br.

32. Coindet. Histoire de la peinture en Italie. Nouvelle édition. *Paris*, 1873. In-12, br.

33. Collections de San Donato. Tableaux, marbres, dessins, aquarelles et miniatures. 1870. In-8, br.

34. Coquerel. Rembrandt et l'individualisme dans l'art. *Paris*, 1869. In-12, br.

35. Courbet (Gustave) et son œuvre. Par Lemonnier. Avec un portrait et 5 eaux-fortes. *Paris*, 1868. Gr. in-8, br.

— Souvenirs par Claudet. *Paris*, 1878. In-18, br.

— Exposition des œuvres de M. G. Courbet. *Paris*. 1867. In-18, br.

36. Couture. Méthode et entretiens d'atelier. 2ᵉ édition. *Paris*, 1868. In-12. br.

37. De Croizier. L'art Khmer. — Etude historique sur les monuments de l'ancien Cambodge. *Paris*, 1875. In-8, br.

38. Delestre. Gros et ses ouvrages, ou mémoires historiques sur la vie et les travaux de ce célèbre artiste. *Paris*, s. d. In-8, dem.-rel. bas.

39. Dohme. Kunst und Künstler des Mittelalters und der Neuzeit. Lief. 40-62. *Leipzig*, 1877. in-8, br.

Contenant :

Springer, Raffael und Michelangelo.

Dobbert. Die Pisani. — Die Sienesische Malerschule. — Andrea Orcagna. Fra Giovanni. Angelico da Fiesole.

Semper. Andrea del Verrocchio. — Donato Bramante.

Redtenbacher. Leon Battista Alberti.

Richter. Sebastiano del Plombo. Giulio Romano.

Wessely. Giovanni Battista Tiepolo. Antonio Canale gen. Canaletto.

40. Description de la collection d'antiquités de M. le vicomte Beugnot. *Paris*, 1840. In-8, br.

41. Dumas. Salon illustré de 1879. Comprenant deux cents dessins originaux exécutés par les artistes d'après leurs œuvres et accompagnés de poésies inédites. *Paris*. In-8, br.

42. Dürer (Albert). Sa vie et ses œuvres, par M. Thausing. Traduit de l'allemand par G. Gruyer. *Paris*, 1878. Gr. in-8, br.

43. Dussieux. Les artistes français à l'étranger. Recherches sur leurs travaux et sur leur influence en Europe. *Paris*, 1856. In-8, br.

44. Fillon. Le Blason de Molière. Etude iconographique. *Paris*, 1878. Br. in-8. — Compte rendu du livre de M. Armand. *Paris*, 1879. In-4, br.

45. Fortoul. De l'art en Allemagne. *Paris*, 1842. 2 vol. in-8. br.

46. Emérie-David. Recherches sur l'art statuaire considéré chez les anciens et chez les modernes. Nouvelle édition publiée par *Lacroix*. *Paris*, 1863. In-12, br.

— Vies des artistes anciens et modernes. Publiées par Lacroix. *Paris*, 1862. In-12, br.

— Histoire de la sculpture antique. Précédée d'une notice sur la vie et les ouvrages de l'auteur. *Paris*, 1873. In-12, br.

— Histoire de la sculpture française. Accompagnée de notes et observations, par du Seigneur. *Paris*, 1872. In-12, br.

— Notices historiques sur les chefs-d'œuvre de la peinture moderne et sur les maîtres de toutes les écoles. *Paris*, 1862. In-12, br.

47. Ephrussi. Inventaire de la collection de la reine Marie-Antoinette. *Paris*, 1880. Gr. in-8, br.

48. Explication des ouvrages de peinture, sculpture, architecture, gravure et lithographie des artistes vivants exposés au palais des Champs-Elysées. 1819, 1824, 1836, 1838-1850, 1852, 1853, 1855, 1857, 1859, 1861, 1863, 1870, 1872-1879. *Paris*. 38 vol. in-12, br.

49. Galichon. Études critiques sur l'administration des Beaux-Arts en France, de 1860 à 1870. *Paris*, 1871. In-8, dem.-rel.

50. Gazette des Beaux-Arts. Courrier européen de l'art et de la curiosité. Années 1872, 1873, 1877, 1878, 1879, 1880, janv.-avril. *Paris*, 5 tomes. in-8, br. en liv.

51. Gonse. Les beaux-arts et les arts décoratifs. *Paris*, 1879. 2 vol. gr. in-8, br.

52. Gonse. Le Musée Wicar (Musée de Lille). *Paris*, 1878. In-4, br.

53. Galerie Schneider. 24 planches, in-4 (en enveloppe).

54. Havard. Histoire de la Faïence de Delft, *Paris*, 1878. In-4, br.

55. Havard. L'Art et les artistes hollandais. Michel van Mierevelt, le fils de Rembrandt. *Paris*, 1879. In-8, br.

56. Holbein und seine Zeit. Von R. Woltmann. 2ᵉ édition. *Leipzig*, 1874-1876. 2 vol., gr. in-8.

57. Hans Holbein. Par P. Müntz. Dessins et gravures sous la direction de E. Lièvre. *Paris*, 1879.
Rel. toile, in-fol.

58. Journal des artistes et bulletin de l'ami des arts.
Années 1844-1847. 4 vol. in-4, dem.-rel.
(Bulletin de l'ami des arts, 1re partie. 2e année, t. II.)
Quelques livraisons manquent.

59. Jacquemart. Histoire du mobilier. *Paris*, 1876.
Gr. in-8, br.

60. Jacquemin. Histoire générale du costume civil.
religieux et militaire du ive au xiie siècle. 12 livr.
Paris, s. d. In-4, br.

61. Ingres. Réponse au rapport sur l'école impériale des beaux-arts adressé au maréchal Vaillant.
Paris, 1863, in-8, br.

62. De Laborde. Notice des émaux, bijoux et objets divers exposés dans les galeries du musée du
Louvre. *Paris*, 1853, 2 vol. in-8, dem. rel., bas.

63. De Laborde. Histoire des beaux-arts. *Paris*,
1856. 2 vol., in-8, br.

64. Lagrange. Les Vernet. Joseph Vernet et la
peinture au xiie siècle. 2e édition. *Paris*, 1864,
in-12, br.

65. Lanzi. Histoire de la peinture en Italie depuis
la renaissance des beaux-arts jusques vers la fin
du xiiie siècle. Traduite de l'italien par A. Dieu-
dé. *Paris*, 1824. 5 vol. in-8, br.

66. Lavise. Revue des musées d'Espagne ou catalogue détaillé et raisonné des peintures et
sculptures. *Paris*, 1864. In-12, br.

— Revue des musées d'Angleterre. *Paris*, 1867,
in-12, br.

67. Lecoq de Boisbaudran. Sommaire d'une mé-

thode pour l'enseignement du dessin et de la peinture. *Paris*, 1876. in-8, br.

— Coup d'œil sur l'enseignement des beaux-arts. *Paris*, 1879, in-8, br.

68. Lefort. Francisco Goya. Étude biographique et critique, suivie de l'essai d'un catalogue raisonné de son œuvre gravé et lithographié. *Paris*, 1877, in-8, br.

69. De Liesville, Histoire numismatique de la révolution de 1848 ou description raisonnée des Médailles, Monnaies, Jetons repoussés, etc., relatifs aux affaires de la France. *Paris*, 1877-78. 3 livraisons, in-4.

70. De Liesville. Coup d'œil général sur l'exposition historique de l'art ancien (Palais du Trocadéro.) *Paris*, 1879. in-12, br.

— La céranique et la verrerie au Champ de Mars. *Paris*, 1879, in-12, br.

71. De Liesville. Les artistes normands au Salon de 1874, 1875, 1876, 1877, 1878. *Paris*, 1874-1878, 5 livraisons, in 12, br. Papier rouge.

72. De Liesville. Recueil de bois ayant trait à l'imagerie populaire, aux cartes, aux papiers, etc. *Caen*, 1867-1873, 4 livraisons, br. in-fol.

Tiré à très petit nombre.

73. Malassis et Thibaudeau. Catalogue raisonné de l'œuvre gravé et lithographié de M. A. Legros. 1855-1877. *Paris*, 1877, in-8, br.

74. De Mercey. Études sur les beaux-arts depuis leur origine jusqu'à nos jours. *Paris*, 1855. 2 vol. in-8, br.

75. Michel-Ange. — L'œuvre et la vie de Michel-Ange, dessinateur, sculpteur, peintre, archi-

tecte et poète. Par Blanc, Guillaume, Mantz, Garnier, etc. *Paris*, 1876, in-4, br.

76. De Montaiglon. Diane de Poitiers et son goût dans les arts. Notes sur le château d'Anet. *Paris*, 1879, in-4, br.

77. Ménard, La mythologie dans l'art ancien et moderne. Suivie d'un appendice sur les origines de la mythologie par Véron. *Paris*, in-8, br.

78. Piot. Le cabinet de l'amateur et de l'antiquaire. Revue des tableaux et des estampes anciennes, des objets d'art, d'antiquité et de curiosité. 1ᵉ série, 4 tomes. 2ᵉ série, tome 1. *Paris*, 1842-1863. 5 vol. gr. in-8, dem.-rel. maroq. rou.

79. Planche. Études sur l'école française. Peinture et sculpture. *Paris*, 1855. 2 vol. in-12, br.

80. The Portfolio, an artistic periodical. Edited by Hamerton. Années 1873-1879. *Londres*. In-fol., br. (en livraisons).

81. Passerini. La bibliografia di Michelangelo Buonarroti e gli incisori delle sue opere. *Firenze*, 1875. Gr. in-8, br.

82. De Pesquidoux. L'école anglaise, 1672-1851. Études biographiques et critiques. *Paris*, 1858, in-12, br.

83. Quicherat. Histoire du costume en France, depuis les temps les plus reculés jusqu'à la fin du xviiiᵉ siècle. *Paris*, 1875. Gr. in-8, br.

84. Quilliet. Dictionnaire des peintres espagnols. *Paris*, 1816, in-8, br.

85. Raoul-Rochette. Lettres archéologiques sur la peinture des Grecs. *Paris*, 1840, in-8, br. (1ᵉ partie).

86. Réclamations des élèves de l'école des beaux-

arts au sujet de la réorganisation de leur école. *Paris*, 1864. in-8, br.

87. Redgrave. A Dictionary of artists of the english school; painters, sculptors, architects, engravers and ornamentists. *London*, 1878, in 8, rel. toile.

88. Revue des beaux-arts. Tribune des artistes. Rédigée par Pigrory. Tome 1. *Paris*, 1850, in-8, dem. rel.

89. Rléock. Art and art industries in Japan. *London*, 1878, in-8, rel. toile.

90. Soldi. La sculpture égyptienne. Édition illustrée de nombreuses gravures. *Paris*, 1876. Gr. in-8, br.

91. Saint-Arroman et Lepic. La gravure à l'eau-forte. Comment je devins graveur à l'eau-forte. *Paris*, 1876, in-8, br.

92. Troubat, Plume et pinceau. Études de littérature et d'art. *Paris*, 1878, in-12, br.

93. Tainturier. Notice sur les faïences du XVI siècle dites de Henri II suivie d'un catalogue. *Paris*, 1860, in-8, br.

94. TAPISSERIE. — Denuelle. Rapport adressé à M. le ministre sur les tapisseries et les tapis modernes qui ont figuré à l'exposition universelle de 1878. *Paris*, 1879. In-4, br.

— Lacordaire. Notice sur l'origine et les travaux des manufactures de tapisserie et de tapis réunies aux Gobelins. *Paris*, 1852. In-12, br.

— Catalogue des tapisseries exposées dans les galeries le 15 juin 1878. Manufacture nationale des Gobelins. *Paris*, 1878. In-18, br.

— Notice historique sur les manufactures natio-
nales de tapisseries des Gobelins et de tapis de
la Savonnerie. *Paris.* In-12, br.

95. Taine. Philosophie de l'art en Italie. *Paris*,
1876. In-12, br.

96. Viardot. Les musées d'Angleterre, de Belgique,
de Hollande et de Russie. Guide et memento de
l'artiste et du voyageur. *Paris*, 1860. In-12, br.

— Les musées d'Espagne. *Paris*, 1860. In-12, br.

— Les musées d'Italie. *Paris*, 1859. In-12, br.

— Les musées de France. *Paris*, 1855. In-12, br.

— Les musées d'Allemagne. Guide et memento de
l'artiste et du voyageur. *Paris*, 1860. In-12, br.

97. Vinet. L'art et l'archéologie. *Paris*, 1874.
In-8, br.

98. Viollet-le-Duc. Histoire de l'habitation hu-
maine depuis les temps préhistoriques jusqu'à nos
jours. *Paris*, s. d. Gr. in-8, br.

99. Waagen. Manuel de l'histoire de la peinture.
Ecoles allemande, flamande et hollandaise.
Avec un grand nombre d'illustrations. *Bruxelles*,
1863. 3 vol. in-8, br.

100. Wedmore, Etudes in english art. 2th edition.
London, 1876. In-8, rel. toile.

181. Weihnachts-Album Illustrirtes. Salon-Bilder
aus dem Gebide der Architektur, Sculptur und
Malerei nash originalen berühmtes Meister.
Leipzic. In-fol.
« Album illustré pour la Noël. Images de l'architecture, de la sculpture et de la peinture d'après
les originaux des maîtres célèbres. *Leipzig*. »

102. Wright. Histoire de la caricature et du gro-
tesque dans la littérature et dans l'art. 2e édition.
Paris, 1875. In-8, br.

SCIENCES — HISTOIRE
VOYAGES — ARCHÉOLOGIE — LITTÉRATURE

103. **Lubbock.** Les origines de la civilisation. Etat primitif de l'homme et mœurs des sauvages modernes. 2ᵉ édition, traduite par *Barbier*. *Paris*, 1877. In-8, dem.-rel.

104. **Joly.** L'homme avant les métaux. Avec 150 figures. *Paris*, 1879. In-8, rel. toile.

105. **Hæckel.** Histoire de la création des êtres organisés d'après les lois naturelles. Traduite de l'allemand par Letourneau et Martin. *Paris*, 1874. In-8, rel. toile.

106. **Figuier.** L'homme primitif. Avec dessins par Delahaye. 2ᵉ édition. *Paris*, 1878. In-8, br.

107. **Champfleury.** Les oiseaux chanteurs des bois et des plaines. Orné de vignettes. *Paris*, 1870. In-8, br.

108. **Figuier.** Les merveilles de la science ou description populaire des inventions modernes. *Paris*. 4 vol. in-8, br.

109. **Guillemin.** La lumière et les couleurs. Ouvrage illustré de 71 figures. *Paris*, 1874. In-8, rel. toile.

110. **De Gubernatis.** Mythologie zoologique ou les légendes animales. Traduit de l'anglais par Regnaud. *Paris*, 1874. 2 vol. gr. in-8, br.

111. **Renan.** Vie de Jésus. *Paris*, 1863. In-8.

— L'Antechrist. *Paris*, 1873. In-8.

— Les Evangiles et la seconde génération chrétienne. *Paris*, 1877. In-8, br.

— Saint Paul. Avec une carte des voyages de saint Paul par *Kicpert*. *Paris*, 1869. Ens. 4 vol. in-8, br.

112. Renan. L'église chrétienne. *Paris*, 1879. In-8, br.

113. Guéranger (Dom). Sainte Cécile et la société romaine aux deux premiers siècles. Avec 2 chromolithographies. 6 planches et 250 gravures sur bois. 3ᵉ édition. *Paris*, 1875. In-8, dem.-rel mar.

114. Taine. De l'intelligence. *Paris*, 1870. 2 vol. in-8, br.

115. Littré. Histoire naturelle de Pline. Avec la traduction en français. *Paris*, 1860. 2 vol. in-8, br.

116. Le Tour du Monde. Nouveau journal des voyages publié par E. Charton Années 1872-1879. *Paris*, 1872-1879. 8 années, br. en livr.
(Manquent quelques livraisons.)

117. Charton. Voyageurs anciens et modernes ou choix des relations de voyages les plus intéressantes et les plus instructives depuis le vᵉ siècle avant J.-C. jusqu'au xixᵉ siècle. *Paris*, 1869. 4 vol. in-8, br.

118. De Hübner. Promenade autour du monde, 1871. *Paris*, 1873. 2 vol. in-8, br.

119. Yriarte. Venise. Histoire, art, industrie, la ville, la vie. Ouvrage orné de 400 gravures. 45 livraisons. *Paris*, 1877. In-fol., br.
(Il manque livr. 40, 42.)

128. Dépret. En Autriche, *Paris*, 1870. In-12. br.
121. Thiébault. Vingt semaines de séjour à Munich (Hiver 1855 à 1856). *Paris*, 1861. In-8, br.

122. Promenades d'un artiste. Tyrol, Suisse. Nord,

d'Italie. Avec 26 gravures d'après Stanfield et *Furner. Paris*, s. d. In-8, dem.-rel. bas.

123. Rhoné. L'Egypte à petites journées. Etudes et souvenirs. Le Kaire et ses environs. *Paris,* 1877. In-8, br.

124. Delaporte. Voyage au Cambodge. L'architecture Khmer. Ouvrage orné de 50 reproductions de photographies. *Paris,* 1880. Gr. in-8, br.

125. De Chassiron. Notes sur le Japon, la Chine et l'Inde. 1858-1860. *Paris,* 1861. In-8, br.

126. Malte-Brun. Un coup d'œil sur le Yucatan. Géographie, histoire et monuments. *Paris,* s. d. In-8, br.

127. Wiener. Pérou et Bolivie. Récit de voyage suivi d'études archéologiques et ethnographiques. *Paris,* 1880. Gr. in-8, br.

128. Milford. Tales of old Japan. Avec illustrations. *London,* 1876. In-8, rel. toile.

129. Littré. Dictionnaire de la langue française. *Paris.* 4 vol. in-4, en livraisons.

130. Muller. Nouvelles leçons sur la science du langage. Traduit de l'anglais par *Harris et Perrot. Paris,* 1867. 2 vol. in-8, br,

131. Noël du Fail. Œuvres facétieuses. Revues sur les éditions originales et accompagnées d'une introduction, etc. par *J. Asséyat. Paris,* 1874. 2 vol. in-12, rel. toile.

132. Delvau. Collection des romans de chevalerie. Mis en prose française moderne avec illustrations. *Paris,* 1870. 4 vol. in-8, br.

133. De Brantôme. Œuvres complètes. Avec notices littéraires par Buchon. *Paris,* 1848. 2 vol. in-8, cart.

134. Diderot. Œuvres complètes. Revues sur les

éditions originales par J. Assézat. *Paris*, 1875-77.
20 vol. in-8, br.

135. Chasles. Histoire nationale de la littérature française. *Paris*, 1870. In-8, br. — 1.50 c.

136. Caro. Le pessimisme au XIXe siècle. Léopardi, Schopenhauer, Hartmann. *Paris*, 1878. In-12, br. — 1.50 c.

137. Bossert. La littérature allemande au moyen âge et les origines de l'épopée germanique. *Paris*, 1871. In-8, br. — 2.50 c.

138. Henry et Apffel. Histoire de la littérature allemande d'après Heinsius. *Paris*, 1839. In-8, br. — 5.50 c.

139. Nisard. Des chansons populaires chez les anciens et chez les Français. *Paris*, 1867. 2 vol. in-12. br. — 3

140. Buchon. Chants populaires de la Franche-Comté. *Paris*, 1878. In-12, br. — 2.50 c.

141. Magnin. Histoire des marionnettes en Europe depuis l'antiquité jusqu'à nos jours. 2e édition. *Paris*, 1862. In-12, br. — 5

142. Levoisin. Tom Browon, scènes de la vie de collège en Angleterre. Avec 69 gravures sur bois par Durand. *Paris*, s. d. In-8, br. — 5.50 c.

143. Galland. Les Mille et une Nuits, contes arabes. Nouvelle édition ornée de 12 gravures. *Paris*. 1835. 6 vol, in-8, br. — 10.50 c.

144. Hoffmann. Contes fantastiques. Traduction nouvelle précédée d'une notice sur la vie et les ouvrages de l'auteur par Egmont. *Paris*, 1836. 4 vol. in-8, dem.-rel. bas. — 5

145. Hoffmann. Contes noctures. Traduction nouvelle par P. Christian. *Paris*, s. d. In-12, br. Avec vignettes. — 2

146. Gautier. Histoire du romantisme suivi de

notices romantiques. *Paris*, 1877. In - 12, br.

147. Le Musée pour rire. Dessins par tous les caricaturistes de Paris; texte par MM. Alhoy, Huart et Philippon. *Paris*, 1839. In-4, dem.-rel. bas.

148. Monnier. Nouvelles scènes populaires. *Paris*, 1839. 2 vol. in-8, dem.-rel. bas.

149. Plutarque. Les vies des hommes illustres. Traduites en français par Ricard. Nouv. édition ornée de 20 portraits. *Paris*, 1838. 2 vol. Gr. in-8, br.

150. De Loménie. La comtesse de Rochefort et ses amis. Etudes sur les mœurs en France au xviiie siècle. *Paris*, 1870. In-8, br.

151. Baudelaire (Charles). Souvenirs correspondances, bibliographie suivie de pièces inédites. *Paris*, 1872. In-8, br.

152. Sainte-Beuve. Portraits contemporains. Nouv. édition. *Paris*, 1870-1871. In-12, br.

— Nouveaux lundis. Tome XII. *Paris*, 1871. In-12, br.

153. Chéruel. Dictionnaire historique des institutions, mœurs et coutumes de la France. *Paris*, 1865. 2 vol. in-12, br.

154. Lenormant. Histoire des peuples orientaux et de l'Inde. *Paris*, 1876. In-12, cart.

155. Lenormant. Manuel d'histoire ancienne de l'Orient jusqu'aux guerres médiques. *Paris*, 1869. 3 vol. in-12, br.

156. Duruy. Histoire des Romains depuis les temps les plus reculés jusqu'à l'invasion des Barbares. *Paris*, 1879-1880. 2 vol. in-8, br.

157. Bordier et Charton. Histoire de France depuis les temps les plus anciens jusqu'à nos

jours, d'après les documents originaux et les monuments de l'art de chaque époque. *Paris*, 1872-1873. 2 vol. gr. in-8, br.

158. Dussieux. L'histoire de France racontée par les contemporains. *Paris*, 1861-1862. 4 vol. in-8, br.

159. Lacroix. Mœurs, usages et costumes au moyen âge et à l'époque de la Renaissance. Illustré de 15 pl. et 480 gravures. *Paris*, 1874. In-4, dem.-rel. mar. r.

160. Lacroix. xviie siècle, institutions, usages et costumes. France. Ouvrage illustré de 16 chromolith., et de 300 gravures sur bois. *Paris*, 1880. In-4, dem.-rel. mar.

161. Lacroix. xviiie siècle, lettres, sciences et arts. France, 1700-1789. Ouvrage illustré de 16 chromolithographies et de 250 gravures sur bois. *Paris*, 1878. In-4, dem.-rel. mar. r.

162. Lanfrey. Histoire de Napoléon Ier. 5e édition. *Paris*, 1869-1875. 5 vol. in-18. br.

163. Challamel. Histoire-musée de la République française depuis l'assemblée des notables jusqu'à l'empire. 3e édition. *Paris*, 1857. 2 vol. gr. in-8, dem.-rel. bas.

164. Campagnes de l'armée d'Afrique, 1835-1839, par le duc d'Orléans. *Paris*, 1870. In-8, br.

165. Roux. Siège de Paris, 1870-1871. Vues pittoresques des fortifications dessinées d'après nature. In-fol. cart.

166. Vachon. Le palais du Conseil d'État et de la Cour des comptes. *Paris*, 1879. In-8, br.

167. Vachon. La bibliothèque du Louvre et la collection bibliographique de Motteley. *Paris*, 1879. In-8, br.

168. Fournel. Les rues du vieux Paris. Galerie populaire et pittoresque. *Paris*, 1879. In-8, br.

169. Lepic. Grottes de Savigny, commune de la Biolle, canton d'Albens (Savoie). *Chambéry*, 1874. In-8, br.

170. Lepic et de Lubac. Châteaubourg et Sogons. Notes présentées au congrès de Bruxelles. *Chambéry*, 1872. Gr. in-8, br. pl.

171. Daremberg et Saglio. Dictionnaire des antiquités grecques et romaines d'après les textes et les monuments. Fasc. I-VI. (A-Car). *Paris*, 1873-1879. In-4, br.

172. Rich. Dictionnaire des antiquités romaines et grecques. Accompagné de 2000 gravures. Traduit de l'anglais de Chéruel. *Paris*, 1873. Gr. in-8, dem.-rel. mar. r.

173. Bertrand. Archéologie celtique et gauloise. Mémoires et documents relatifs aux premiers temps de notre histoire nationale. *Paris*, 1876. In-8, br.

174. Antiquités grecques. Vases peints de la grande Grèce et de l'Attique. Terres cuites de Tanagra. Poterie et verres chypriotes. *Paris*, 1878. Avec 26 vignettes, 7 chromolithogr. et 5 photographies. In-4, br.

175. De Villefosse. Rapport sur une mission archéologique en Algérie. *Paris*, 1875. In-8, br.

176. De Villefosse. La pyxis de Vaison. *Poitiers*, 1878. In-4, br.

177. Schliemann. Ithaque, le Péloponèse, Troie. Recherches archéologiques. *Paris*, 1869. In-8. br.

178. Schliemann. Mycènes. Récit des recherches et découvertes, faites à Mycènes et à Tiryathe. Avec une préface de M. Gladstone. Traduit de

l'anglais par *J. Girardin. Paris*, 1879. Gr. in-8, br.

179. Mazois. Le palais de Scaurus ou description d'une maison romaine. Fragment d'un voyage de Mérovir à Rome vers la fin de la République. 3ᵉ édition. *Paris*, 1879. In-8, rel. toile.

180. Martigny. Dictionnaire des antiquités chrétiennes. Avec 278 gravures. *Paris*, 1865. Gr. In-8, dem.-rel. toile.

181. Hutchinson. Two years in Peru, with exploration of its antiquities. *London*, 1873. 2 vol. in-8, rel. toile.

182. Cahun. Les aventures du capitaine Magon ou une exploration phénicienne mille ans avant l'ère chrétienne. *Paris*, 1875. In-8, br.

183. Ebers. L'Égypte. Alexandrie et le Caire. Traduction par Maspero. *Paris*, 1880. In-8, br., pl.

184. Dyer. Pompeii. Its history, buildings and antiquities. *London*, 1875. In-12, rel. toile.

185. Collection A. Raifé. Antiquités égyptiennes, babyloniennes, etc., modernes et antiques. *Paris*, 1867. In-8, br.

186. Carapanos. Dodone et ses ruines. *Paris*, 1878. 2 vol. in-4, pl.

187. Bulletin archéologique du Musée Parent. Nº 1. *Paris*, 1867. In-fol. br.

188. Le Breton. Céramique espagnole. Le salon en porcelaine du palais royal de Madrid et les porcelaines de Buen-Retiro. *Paris*, 1879. In-8, br.

189. Bréal. Mélanges de mythologie et de linguistique. *Paris*, 1878. In-8, br.

190. Berger. Les ex-voto du temple de Tanit à Carthage. Lettre à M. Lenormant sur les représen-

tations figurées des styles puniques. *Paris*, 1877. In-4, br.

191. Bourassé. Les plus belles cathédrales de France. *Paris*, 1862. Gr. in-8, dem.-rel. toile.

192. Germain Brin et Corroyer. Saint Michel et le Mont Saint-Michel. *Paris*, 1880. Gr. in-8, br.

193. Corroyer. Description de l'abbaye du Mont Saint-Michel et de ses abords. Précédée d'une notice historique. *Paris*, 1877. In-8, br.

194. Corblet. Manuel élémentaire d'archéologie nationale. Avec dessins par E. Breton. *Paris*, 1851. In-8, dem.-rel. bas.

195. Poulet-Malassis. Les ex-libris français depuis leur origine jusqu'à nos jours. Avec atlas de planches. *Paris*, 1875, Gr. in-8. br.

196. Duprat. Histoire de l'imprimerie impériale de France. *Paris*, 1861. In-8, br.

197. Quantin. Les origines de l'Imprimerie et son introduction en Angleterre. *Paris*, 1877. Gr. in-8, br.

198. Champfleury. Recherches sur les origines et les variations de la légende du bonhomme Misère. *Paris*, 1861. In-8, br.

199. Hennin. Manuel de numismatique ancienne. *Paris*, 1872, 2 vol. in-8 et atlas, br.

200. La Vie moderne. Journal illustré hebdomadaire. *Paris*, années I et II, n° 2-15. In-fol. en livraisons.

201. Le Magasin pittoresque. Rédigé sous la direction de M. Charton. *Paris*, in-4. Années I-XLVII. (1833-1879).
Tomes I-XX, rel. toile. Tomes XXI-XLVII, br. Avec table alphabétique et méthodique des quarante premières années (1833-1872).
Il manque tome XXII (1854.

201. Alexis. Celle qu'on n'épouse pas. Comédie en un acte, en prose. *Paris*, 1879. In-12, br.

— La fin de Lucie Pellegrin. *Paris*, 1880. In-12, br.

203. Champfleury. Le secret de M. Ladureau. *Paris*, 1875. In-12, br.

— Souvenirs et portraits de jeunesse. *Paris*, 1872. In-12, br.

— L'avocat Trouble-Ménage. *Paris*, 1870. In-12, br.

— Les sensations de Josquin. *Paris*, 1859. In-12, br.

— Les souffrances du professeur Delteil. *Paris*, 1870. In-8, br.

— La Société dns gens de lettre à l'avenir. *Paris*, 1864. In-8, br.

204. Dargenty. Le roman d'un exilé. *Paris*, 1872. In-12, br.

205. Dierx. Les amats. Poésies. *Paris*, 1879. In-12, br.

206. Fabre. Le marquis de Pierrerue. La rue du Puits-qui-Parle. Le carmel de Vaugirard. *Paris*, 1874. 2 tomes in-12, br.

— Barnabé. *Paris*, 1875. In-12, br.

— Julien Savignac. 2ᵉ édition. *Paris*, 1879. In-12, br.

207. Goncourt (de). La fille Élisa. *Paris*, 1877. In-12, br.

208. Hennique. Les hauts faits de M. de Ponthau. Illustré de gravures hors texte. *Paris*, 1880. In-8, br.

209. Huysmans. Marthe. Histoire d'une fille. *Paris*, 1879. In-12, br.

— Les sœurs Vatard. *Paris*, 1879. In-12, br.

210. Maurice. Épaves. Théâtre, histoire, anecdotes, mots. *Paris*, 1865. In-8, br.

211. Roux. La proie et l'ombre. *Paris*, 1878. In-12, br.

212. Zola. La conquête de Plassans. *Paris*, 1874. In-12, br.

— La faute de l'abbé Mouret. *Paris*, 1875. In-12, br.

— Son Excellence Eugène Rougon. *Paris*, 1876. In-12, br.

— La fortune des Rougon. *Paris*, 1871. In-12, br.

— La curée. *Paris*, 1872. In-12, br.

— Le ventre de Paris. *Paris*, 1873. In-12, br.

— Mes haines. Causeries littéraires et artistiques. Nouv. édition. *Paris*, 1879. In-12, br.

— Les Héritiers Rabourdin, comédie en 3 actes. *Paris*, 1874. In-12, br.

— Thérèse Raquin, drame en 4 actes. *Paris*, 1873. In-12, br.

— Théâtre (Thérèse Raquin, les Héritiers Rabourdin, le Bouton de rose.) *Paris*, 1878. In-12, br.

— La République et la littérature. *Paris*, 1879. In-8, br.

— Ed. Manet. Étude biographique et critique. *Paris*, 1867. In-8, br.

— Une page d'amour. *Paris*, 1878. In-12, br.

213. Duranty Théâtre des marionnettes du jardin des Tuileries. Texte et composition des dessins. *Paris*, s. d. In-4, br.

214. Les combats de Françoise du Quesnoy.
Paris, 1873. In-12, br.

— Les séductions du chevalier Navoni. *Paris*,
1877. In-12, br.

— Les six Barons de Septfontaines. *Paris*, 1878.
In-12, br.

— Le malheur d'Henriette Gérard. *Paris*, 1879.
In-12, dem.-rel. bas.

— La cause du beau Guillaume. *Paris, s. d.* In-12,
dem.-rel. bar.

215. Le kalendrier des bergiers. Sensuyt ce que
contient ce présent kalendrier des bergiers avec
plusieurs additions nouvellement adjoustées. *Im-
primé à Lyon, par Claude Nourry*, 1502. Pet.
in-4, goth., *fig. sur bois*, rel. mar. r. (Très
abimé.)

A la fin de la vacation quelques lots.

DEUXIÈME PARTIE

TABLEAUX — ESQUISSES — AQUARELLES
PASTELS — DESSINS

1. **Alma Tadéma.** — Dessin à la plume d'après son tableau « Danse de gladiateurs ».

2. **Z. Astruc.** — Femme à un balcon, vue à travers la fenêtre. Aquarelle avec dédicace.

3. **A. Bartholomé.** — Dessin au crayon noir d'après son tableau « A l'ombre » (Salon de 1879).

4. **Béliard.** — Fort de la halle. Peinture à l'huile.

5. **F. Bonvin** — Religieuses. Dessin d'après son tableau. (Salon de 1879).

6. **E. Boudin.** — Plage de Berck. Dessin à la plume.

7. **E. Boudin** — Plage de Berck. Dessin au crayon noir.

8. **J. L. Brown.** — Un officier de l'école de Saumur. Détrempe.

9. **C. Cazin.** — « La Nuit. » Peinture à l'huile.

10. **Mme Cazin.** — Tête. Dessin au bistre.

11. **Mlle M. Cassatt.** — Tête d'enfant. Pastel.

12. **Mlle M. Cassatt.** — Dessin au crayon noir

d'après son tableau « Liseuse » pour le journal *les Beaux-Arts illustrés*.

13. **Corot.** — Paysage. Peinture à l'huile (provenant de la vente Corot).

14. **Dagnan-Bouveret.** — Dessin à la mine de plomb d'après son tableau « Une noce chez le photographe » (Salon de 1879).

15. **Degas.** — Portrait de Duranty. Dessin rehaussé de pastel (1879).

16. **Degas.** — Femme regardant avec une lorgnette. Esquisse sur papier huilé.

17. **Degas.** — Danseuse. Pastel.

18. **Degas.** — Danseuse. Croquis au crayon noir pour le journal *les Beaux-Arts illustrés*.

19. **M. Desboutin.** — Portrait de Duranty (1874). Peinture à l'huile.

20. **M. Desboutin.** — « Mes bottes » dessin d'après son tableau.

21. **Destrem.** — Dessin à la plume d'après son tableau « Le dépiquage, campagne du Languedoc » (Salon de 1879).

22. **Mme Victoria Dubourg.** — Nature morte. Peinture.

23. **Fantin Latour.** — Fleurs. Peinture à l'huile.

24. **Fantin Latour.** — Fleurs. Peinture.

25. **Fantin Latour.** — Portrait de M. Edwin Edwards. Dessin au crayon noir d'après son tableau.

26. **Fantin Latour.** — Portraits (Salon de 1879). Dessin au crayon noir d'après son tableau, pour le journal *les Beaux-Arts Illustrés*.

27. **Fantin Latour.** — Allégorie. Esquisse. Peinture à l'huile.

28. **Fantin Latour**. — Dessin au crayon noir d'après la « Bacchante » de Riesener, pour le journal *les Beaux-Arts illustrés*.

29. **De Faber du Faur**. Dessin à la plume d'après son tableau (Exposition de Munich 1879.)

3o. **Forain**. — Portrait en pied de M. Auguste de Châtillon. Croquis au crayon noir.

31. **Frappa**. — Etude de tête. Dessin.

32. **A. Gautier**. — Nature morte. Peinture à l'huile.

33. **A. Gautier**. — Etude, le soir. Peinture à l'huile.

34. **Gebhardt**. — Dessin à la plume d'après son son tableau « la Cène » (Exposition Universelle 1878) avec autographe de Duranty.

35. **Gebhardt**. — Dessin, avec autographe de Duranty.

36. **Gerveux (H.)**. — Dessin à la plume d'après son tableau « L'Hôtel-Dieu ».

37. **Ghis**. — Au théâtre. Dessin à la plume lavé.

38. **Ghis**. — A Mabille. Dessin à la plume lavé.

39. **Ghis**. — Cavalier et voitures. Dessin à la plume lavé.

40. **Ghis** -- Voiture. Dessin à la plume lavé.

41. **Ghis**. — Voiture. Dessin à la plume lavé.

42. **Guérard. (Henri)** — Éventail. Dessin à la plume, avec dédicace.

43. **Guillemet**. — Vue du Pollet à Dieppe. Peinture à l'huile.

44. **Guillemet**. — Vue de Villers. Peinture à l'huile.

45. **Guillemet**. — Dessin au crayon noir d'après son tableau « Villerville ».

46. **Guillemet**. — Paysage du Midi. Peinture à l'huile.

47. **Israéls**. — Femme pleurant auprès du lit d'un malade. Dessin à la plume.

48. **Israels**. — L'heure de la soupe, intérieur hollandais. Dessin à la plume.

49. **Jacquemart**. (J.) — Jeune fille. Aquarelle.

5o. **Keene**. (Ch.) — Dessin à la plume, ayant servi pour le « Punch ».

51. **Liebermann**. — Dessin au crayon noir d'après son tableau. « Jésus au milieu des docteurs » (Exposition de Munich 1879.)

52. **Lintelo**. — Paysage. Étude à l'huile.

53. **Legros** (A.). — Tête d'homme. Peinture à l'essence.

54. **Lhermitte**. Conférence au boulevard des Capucines. Dessin.

55. **Lhermitte**. — Jeunes femmes dans un bois. Dessin au fusain (1865).

56. **Lhermitte**. — « La Province » Etude (huile).

57. **Manet** (E.). — Tête de femme. Etude (pastel).

58. **Maureau**. — Bateau-lavoir (Huile).

59. **Mare** (de). — Dessin à la plume d'après J. Steen (musée du Louvre).

6o. **Menzel** (A.). — Tête d'homme, pour le tableau « La Forge » (Exposition universelle 1878). Dessin à la plume reproduit dans la *Gazette des Beaux-Arts*.

61. **Menzel** (A.). — Homme se lavant au-dessus d'un seau. Dessin à la mine de plomb pour le

même tableau. Un autre essai de même mouvement sur la même feuille.

62. **Menzel (A.).** — Tête d'ouvrier éclairée en dessous, même tableau. Magnifique dessin à la mine de plomb.

63. **Menzel (A.).** — Ouvrier assis. Dessin à la mine de plomb.

64. **Menzel (A.).** — Homme, en buste, pour le même sujet. Dessin à la mine de plomb.

65. **Menzel (A.).** — Croquis, même sujet. Têtes d'ouvriers. Mine de plomb.

Ces six dessins sont du plus grand intérêt.

66. **Millet (J.-F.)** — Paysage. Dessin à la plume (provenant de la vente Millet).

67. **Monet (Claude).** — Barques à Honfleur. Peinture à l'huile.

68. **Nittis (de).** — Temps d'orage. Peinture à l'huile.

69. **Piette.** — Jeune femme dans un paysage. Gouache.

70. **Piette.** — Paysage à Montfoucault (Mayenne). Aquarelle.

71. **Pissarro.** — Effet de neige, rue de l'Ermitage, à Pontoise. Peinture à l'huile.

72. **Pissarro.** — Une rue à la Roche-Guyon. Peinture à l'huile.

73. **Pissarro.** — Paysage. Dessin à la plume.

74. **Pissarro.** — Paysage. Dessin à la plume.

75. **Pissarro.** — Laveuse. Dessin au crayon noir.

76. **Raffaelli (J.-F.).** — « Maire et conseiller municipal ». Grand dessin à la plume reproduit dans *les Beaux-Arts illustrés*.

77. **Raffaelli (J.-F.**. — Tête d'auvergnat. Aquarelle.

78. **Riesener (L.**. — Figure décorative. Dessin rehaussé de blanc.

79. **Riesener** (L.). — 17 dessins, études, provenant de la vente Riesener.

80. **Riesener** (L.). — 15 dessins, études, provenant de la vente de Riesener.

81. **Riesener (L.).** — Paysage. Pastel, provenant de la vente de Riesener.

82. **Riesener (L.).** — Paysage. Pastel, provenant de la vente de Riesener.

83. **Roux (Paul).** — Paysage. Aquarelle.

84. **Roux (Paul**. — Vue à Montmartre. Aquarelle.

85. **Solon.** — Allégorie. Dessin, à la mine de plomb, avec dédicace.

86. **Solon.** — Allégorie. Dessin, avec lettre écrite au verso.

87. **De Specht.** — Portrait de Duranty, fait le soir au café, 6 octobre 1879. Dessin aux trois crayons.

88. **Thoma (H**. — Fuite en Egypte. Dessin à la plume.

89. **Thoma (H).** — Paysage (Fuite en Egypte). Dessin à la plume.

89 *bis.* **Trübner (Guill.)** — Dessin à la plume d'après son tableau.

90. **Vervée (A)**. — Cheval. Dessin à la plume.

91. **Villain.** — Dessin à la plume d'après son tableau (Salon de 1879).

92. **Whistler (J. A.) (?).** — Etude de Rue qui pour-

rait bien être le motif de son eau-forte « Une rue de Saverne ».

93. **Inconnus.** — Une étude d'arbres (huile).

— Une étude de rue (huile).

— Fleurs découpées (huile).

— Paysage (Legros ?).

GRAVURES — LITHOGRAPHIES
PHOTOGRAPHIES — ETC.

94. **Boilvin.** — Marie Antoinette. Eau-forte.

Eau-forte inachevée, état avec note de l'auteur

95. **Bracquemond.** — Portrait d'Auguste Comte, 2 épreuves. Eau forte.

(1er état)

96. **Bracquemond.** — Portrait de Legros. Eau-forte.

1er état, avec les mains (très-rare).

97. **Bracquemond.** — Margot la critique.

98. **Bracquemond.** — « Il s'en allait, etc. ».

99. **Bracquemond.** — Femme en torero sur un canapé, d'après Manet. (Chine).

100. **Courbet.** — Portrait de Proudhon. Dessin à la plume autographié.

101. **Debucourt.** — La fenêtre. Encadrée.

102. **Debucourt.** — La rose mal défendue. Encadrée.

103. **Desboutin.** — Portrait de M. H. R. Pointe sèche, sur japon.

104. **Desboutin.** — Portrait de M. Deschamps. Pointe sèche, sur japon.

105. **Desboutin.** — Portrait de Mme Berthe Morisot.

1er état très rare·

106. **Desboutin.** — Portraits de Dumas fils, Emile Augier, Armand Carrel.

107. **Desboutin.** — Portraits de Hyp. Babou, Lepic, Renoir, Degas. (4 pointes sèches.)

108. **Desboutin.** Femme couchée.

très rare.

— Portrait de M. Levraud, jouant du violoncelle.
— Femme assise sur le bord d'un fauteuil.
— Croquis d'enfants sur une même planche.
— Enfant mangeant (5 pointes sèches).

109. — Deux épreuves. Pointe sèche, d'après le portrait à l'huile de Duranty (1874).

110. — La sortie du bébé, grande pièce.

Grande marge, très belle épreuve.
Dix-huit pièces, sera divisé.

111. — Portrait de l'artiste. Pointe sèche. (Encadré.)

112. **Edwin Edwards.** — Une eau-forte encadrée.

113. **Edwin Edwards.** — 38 pièces à l'eau-forte, avant toutes lettres, la plupart sur japon. Très belle série.

114. **Fautin Latour.** — Grande suite de lithographies sur Wagner, Berlioz, etc. Beaucoup de pièces en double. Très belles épreuves.

Ces lithographies ont été tirées à peu d'exemplaires, les unes au plus à 100, les autres à 50 et 25. Du reste ces désignations sont sur les pièces.

115. **Flameng (L.).** — Portrait de M. Galichon. Eau-forte. Très belle épreuve.

116. **Fortuny**. — Kabyle mort. Eau-forte.

117. **Fortuny**. — Arabe pleurant son ami. Eau-forte.

118. **Gaillard**. — Reproduction d'un dessin à la plume. Epreuve sur chine.

119. **Gaucherel**. — 5 eaux-fortes, sur le mont Saint-Michel.

120. — **Guérard (Henri)**. — Une tête coupée. Eau-forte avec dédicace.

121. **Guérard (Henri)**. — 2 épreuves de la planche en couleur « Azor ».

122. **Israels**. — 10 eaux-fortes. Epreuves signées, très belles.

123. **Jacquemart (J.)**. — 6 eaux-fortes. Rares.

— Chinoiserie. Frontispice, publié dans *la Gazette des Beaux-Arts*. Avant toute lettre.

— Le supplicié Mamijah Hasimé. Avant toute lettre.

— Vase de pivoines (de la suite de six pièces). Avant lettre.

— Vue de la fenêtre de son atelier. Avant lettre.

— Le Feu (de la suite des Eléments).

— Carte de prix de vins de Champagne pour X. Aubryet, avant le texte.

124. **Kaulback (Fr.-Aug.)**. — 1re et 2e épreuve. Eau-forte.

125. **Latouche (Gaston)**. — Suite des 15 pointes sèches sur l'*Assommoir*. Exemplaire n° 22.

126. **Legros (Al.)**. — Le Foyer. Eau-forte, 3e état.

127. **Legros (Al.)**. — L'Extase poétique. Pointe sèche.

128. **Legros (Al.)**. — La paysanne se lavant les

pieds dans l'eau. Pointe sèche avec la date 1860.
(Belle épreuve).

129. **Legros** (**Al.**). — La même, encadrée.

130. **Legros** (**Al.**). — La tête du supplicié. Eau-
forte, 1er état.

131. **Legros** (**Al.**). — Vieille cousant à la lampe.
Avec la signature autographe.

132. **Legros** (**Al.**). — Les moines au chœur.

133. **Legros** (**Al.**). — Le mouton retrouvé. Eau-
forte.

134. **Legros** (**Al.**). — La Mort dans l'arbre. Eau-
forte (de la suite du *Bonhomme Misère*).

135. **Legros** (**Al.**). — Portrait de Champfleury.
Lithographie. 2 épreuves.

136. **Legros** (**Al.**). — Le coup de vent. Epreuve
d'état avant la signature. Avec autographe.

137. **Legros** (**Al.**). — 4 photographies. D'après les
tableaux de Legros.

138. **Manet** (**E.**). — Polichinelle. Chromolitho-
graphie encadrée.

9 gravures à l'eau-forte.

139. **Manet** (**E.**). — Guitarero. 2 épreuves, l'une
à grande marge.

140. **Manet** (**E.**). — Philippe IV. D'après Vélasquez.

141. **Manet** (**E.**). — Garçon tenant un panier.
Femme tenant un enfant. (Sur une même
feuille.)

142. **Manet** (**E.**). — Garçon avec un chien.

143. **Manet** (**E.**). — Buveur d'absinthe.

144. **Manet** (**E.**). — Femme au bain.

145. **Manet (E.)**. — Torero.

146. **Manet (E.)**. — Groupe de cavaliers. D'après Vélasquez.

147. **Mare (de)**. — La nouvelle reine de Hollande. Eau-forte, épreuve d'artiste, avant toute lettre, avec dédicace.

148. **Pissarro**. — Portrait de Cézanne. Eau-forte. (Très rare.)

149. **Pissarro**. — Deux paysages. Eau-forte. (Très rare.)

150. **Renouard (Paul)**. — A l'Opéra. Eau-forte.

151. **Seymour Haden**. — 3 pièces. (Rares.)

On the Thames. Pointe sèche.
Kensignton Garden.
Lord Harrington's House.

Deux sur ancien papier, la troisième sur japon.

152. **Vernier (E.)**. 2 grandes lithographies. D'après Corot et Courbet. Avec dédicace.

153. 5 Eaux-fortes pour illustration de « La fille Elisa » de **M. Ed. de Goncourt**, avec dédicace.

Très belles épreuves.

154. 18 portraits divers (*Gazette des Beaux-Arts*) Eaux-fortes.

Bonnes épreuves.

155. 15 paysages. (*Gazette des Beaux-Arts*). Eaux-fortes.

Bonnes épreuves.

156. 20 eaux-fortes (*Gazette des Beaux-Arts*). D'après tableaux anciens et modernes.

157. 9 pièces à l'eau-forte. D'après **J. F. Millet**, Delacroix, Diaz, Gavarni, etc.

Belles épreuves.

www.ingramcontent.com/pod-product-compliance
Lightning Source LLC
LaVergne TN
LVHW012021180726
843502LV00005B/1801